EXTRAIT DE LA « REVUE D'HYGIÈNE ET DE POLICE SANITAIRE »

VERSAILLES, SES EAUX,

LEUR QUALITÉ, LEUR QUANTITÉ

DEPUIS LOUIS XIV JUSQU'A CE JOUR

PAR MM.

Eymard LACOUR,

Pharmacien principal de l'armée, lauréat de l'Académie de Médecine,
Chevalier de la Légion d'honneur,
Officier d'Académie,
Membre de la Société d'hydrologie médicale de Paris,
de la Société de Médecine légale de France, de la Société de Pharmacie de Paris
et de plusieurs autres Sociétés savantes,

et Maximilien GAVIN,

Inspecteur principal du service des Eaux de Versailles en retraite,
Lauréat de l'Académie de médecine, ·
Officier d'Instruction publique,
Membre de la Société d'hydrologie médicale de Paris
et de plusieurs autres Sociétés savantes.

Cette brochure est le résumé succinct d'un mémoire
honoré d'une médaille d'or par le Ministre de l'Intérieur,
sur la proposition de l'Académie de médecine.

PARIS

MASSON ET Cie, ÉDITEURS

LIBRAIRES DE L'ACADÉMIE DE MÉDECINE

120, boulevard Saint-Germain

1896

EXTRAIT DE LA « REVUE D'HYGIÈNE ET DE POLICE SANITAIRE »

VERSAILLES, SES EAUX,

LEUR QUALITÉ, LEUR QUANTITÉ

DEPUIS LOUIS XIV JUSQU'A CE JOUR

PAR MM.

Eymard LACOUR,

Pharmacien principal de l'armée, lauréat de l'Académie de Médecine,
Chevalier de la Légion d'honneur,
Officier d'Académie,
Membre de la Société d'hydrologie médicale de Paris,
de la Société de Médecine légale de France, de la Société de Pharmacie de Paris
et de plusieurs autres Sociétés savantes,

et Maximilien GAVIN,

Inspecteur principal du service des Eaux de Versailles en retraite,
Lauréat de l'Académie de médecine,
Officier d'Instruction publique,
Membre de la Société d'hydrologie médicale de Paris
et de plusieurs autres Sociétés savantes.

Cette brochure est le résumé succinct d'un mémoire
honoré d'une médaille d'or par le Ministre de l'Intérieur,
sur la proposition de l'Académie de médecine.

PARIS

MASSON ET Cie, ÉDITEURS

LIBRAIRES DE L'ACADÉMIE DE MÉDECINE

120, boulevard Saint-Germain

1896

PRÉFACE

Le but de ce travail a été de faire cesser la légende trop répandue, que l'air de Versailles n'est pas sain, et que l'eau y est de mauvaise qualité.

Pour atteindre ce résultat, nous nous sommes livrés à une étude approfondie de ses eaux d'alimentation, ainsi qu'à l'examen des améliorations susceptibles d'être apportées à son hygiène publique.

PRÉLIMINAIRES

L'Étude sur le service des Eaux de Versailles, qui a fait de notre part l'objet d'une publication dans la *Revue sanitaire* en 1892, avait pour but de faire connaître, au point de vue technique, l'ensemble de ce service jusqu'alors inconnu du public, et les améliorations susceptibles d'y être apportées. La question des eaux y *était restée entière*, désireux que nous étions de faire de cet intéressant sujet une étude spéciale. Une circonstance imprévue nous fit sortir de notre réserve.

M. Lacour, pharmacien principal de l'hôpital militaire de Versailles, nous proposa d'étudier de concert la question.

C'est pour répondre à cette invitation que nous avons entrepris ce travail, objet de la préoccupation constante de nombreux hygiénistes, qui n'ont pas eu comme nous l'occasion de suivre pendant trente-cinq années les transformations successives qu'a subies le service des eaux depuis sa création par Louis XIV.

Le rôle exceptionnel que nous avons rempli dans ce service nous a permis d'étudier la question sous toutes ses faces ; aussi avons-nous considéré comme un devoir d'éclairer non seulement la religion de nos concitoyens sur la qualité des eaux qu'ils boivent, mais plus encore celle des étrangers, attirés à Versailles par l'attrait de ses souvenirs historiques et sa salubrité, hantés souvent qu'ils sont par l'idée qu'on n'y boit que de l'eau de mauvaise qualité.

C'est pour faire cesser cette erreur, restée dans l'esprit de la population, et calmer toutes les appréhensions que nous avons résolu de faire la lumière sur la valeur réelle des Eaux de Versailles.

INTRODUCTION

En 1741, Versailles allait manquer d'eau, par suite de la diminution du rendement des sources ; c'est alors qu'on résolut d'utiliser les travaux hydrauliques de Vauban, les eaux pluviales provenant des étangs. A cette sage mesure vint s'ajouter l'installation de la machine de Marly (la merveille de l'époque) qui devait servir à élever l'eau de Seine, non seulement pour les besoins du parc, mais encore pour l'alimentation des habitants.

Depuis cette époque jusqu'en 1893, l'eau de Seine a concouru à alimenter la ville, sans que rien de particulier n'ait été remarqué dans son état sanitaire. (Seule pendant le règne de Louis XIV, cette eau ne fut pas utilisée comme eau potable. C'est en 1741, sous Louis XV, qu'elle fut admise dans la consommation.)

La dernière période de sécheresse qu'occasionna la disette de 1886 à 1893 fut d'autant plus pénible à supporter, par les habitants de Versailles, que le service des étangs fut négligé par suite du manque de crédits d'entretien : c'est en grande partie à cette cause que sont dus leur baisse et leur assèchement ; heureusement pour la ville que le service des eaux fut confié, en 1891, à l'habile direction de l'ingénieur en chef du département, M. Berthet, qui, s'inspirant des conseils que nous donnons dans notre étude sur les eaux de Versailles, prit de suite toutes les mesures nécessaires pour parer à l'imminence du manque d'eau dont était menacée la ville.

C'est ainsi, d'une part, qu'une prise d'eau sur l'aqueduc de dérivation de l'Avre fut établie. D'autre part, les sources dont nous signalons la présence dans notre étude furent utilisées par le forage de puits dans la presqu'île de Croissy et l'île Gauthier. Ils assurent dès à présent un rendement variant de 12 à 16,000 mètres cubes par jour.

Par ce qui précède, nous voyons que grâce aux efforts persistants tentés depuis sa création, Versailles, même dans son passé, *n'a jamais manqué d'eau, alors qu'on se heurtait à des difficultés sans nombre. Le présent, malgré des craintes aujourd'hui disparues, apparaît sous un aspect plus rassurant.*

C'est donc grâce à l'impulsion donnée par le Directeur actuel que la situation, de grave qu'elle était, est devenue tout à fait rassurante : encore quelques efforts, et Versailles n'aura plus rien à redouter pour son alimentation.

L'avenir du service des Eaux réside tout entier dans des mesures énergiques et promptes ; aussi ne saurions-nous trop insister pour que les efforts dont nous parlons soient tentés de suite, afin d'assurer au présent et à l'avenir la sécurité qu'il convient de leur donner.

Avant de terminer, qu'il nous soit permis d'adresser tous nos remerciements à M. Douchain, Inspecteur principal des services de Saint-Cloud, Meudon et de la machine de Marly, qui dirige avec tant de distinction les travaux qui y sont exécutés ; à son adjoint M. Vazou ; à M. Blanche, Inspecteur principal des services intérieurs et extérieurs de Versailles ; à MM. Vapaille, son adjoint, et Mariotte, secrétaire de la Direction, pour leur obligeant concours.

Au moment de livrer ce travail à l'impression, nous avons pu constater qu'une partie des desiderata qui y sont exprimés venait d'avoir un commencement d'exécution ; car, dans ce moment, on est en train de procéder au curage de la pièce d'eau des Suisses et à la réfection de ses berges.

EXTRAIT DE LA « REVUE D'HYGIÈNE ET DE POLICE SANITAIRE »

PARIS, MASSON & Cⁱᵉ, ÉDITEURS

Revue d'hygiène, tome XVIII, n° 7, 1896.

VERSAILLES, SES EAUX,

LEUR QUALITÉ, LEUR QUANTITÉ

DEPUIS LOUIS XIV JUSQU'A CE JOUR

PAR MM.

Eymard LACOUR,
Pharmacien principal à l'hôpital militaire
de Versailles.

Maximilien GAVIN,
Ingénieur,
Inspecteur principal des eaux de Versailles
en retraite.

I. — LE SERVICE DES EAUX BLANCHES D'ÉTANGS

(Leur quantité, leur qualité, les améliorations possibles à y apporter).

La ville de Versailles, depuis sa création par Louis XIV, a été alimentée par trois sortes d'eaux ayant chacune un régime particulier. Ce sont, par ordre de création : les eaux de sources dites de Colbert ; les eaux blanches d'étangs ; les eaux de Seine.

Mais le service des eaux blanches a eu pour la ville et aura toujours pour elle une importance capitale et de premier ordre, depuis l'infection de la Seine surtout ; il doit assurer sa salubrité exceptionnelle. Pour bien en saisir l'importance, il ne faut pas se contenter de l'étudier sur les cartes ou sur le terrain, il faut le voir en action, c'est-à-dire en fonction.

C'est par les temps de pluies, d'orages et de neige que le service des eaux blanches est intéressant à observer ; on est vraiment stupéfait de l'alimentation de ses rigoles et de ses réservoirs ou étangs, surtout en hiver, la gelée s'opposant aux infiltrations dans les terres arables. Ce service réclame surtout une surveillance incessante du personnel dirigeant. Il peut être amélioré et son rendement sensiblement augmenté, surtout si l'on utilise à propos ses moyens d'action.

L'alimentation de Versailles par les eaux d'étangs est restée dans son ensemble ce qu'elle était lors de sa création par Vauban, sous le règne de Louis XIV.

Les eaux pluviales de deux plateaux compris, le premier entre Rambouillet et Saint-Cyr, le second entre la Bièvre et l'Yvette, sont recueillies dans 23 étangs et retenues.

Les surfaces versantes sont d'environ 15,000 hectares. 78 villages et écarts sont assainis par un nombre relativement considérable de boëlles ou vidanges, de canaux ou rigoles à ciel ouvert, formant dans leur ensemble un immense drainage d'un développement de 79,214 mètres, et 33,077 mètres d'aqueducs souterrains, soit un total de 112,291 mètres.

Ces rigoles et aqueducs constituent les grandes artères par lesquelles sont dirigées vers les étangs récepteurs toutes les eaux recueillies par elles.

Le volume d'eau que peuvent emmagasiner ces étangs et retenues s'élève à 8,000,000 de mètres cubes.

Mais si à l'ensemble de ces réserves qui concourent actuellement à l'alimentation de Versailles, on ajoute celles que peuvent contenir trois étangs inutilisés : Bois-d'Arcy, Bois-Robert et Pré-Clos, le chiffre total d'eau emmagasinée pourrait atteindre alors 9 millions 431,000 mètres cubes, c'est-à-dire une augmentation sur le chiffre obtenu aujourd'hui de 1,341,000 mètres cubes, représentant l'approvisionnement de la ville pendant 135 jours, à peu près un tiers d'année.

D'après l'exposé ci-dessus, il est facile de se rendre compte de l'importance du service des eaux blanches et de son double rôle dans l'alimentation de Versailles, en cas de chômage de la machine de Marly. Aussi demandons-nous, eu égard à cette importance, que comme première amélioration du service de ces eaux son entretien ne soit pas négligé; qu'on augmente surtout ses surfaces versantes d'au moins 1,500 hectares à prendre dans le massif boisé de la forêt de Rambouillet pour remplacer celles qu'on a été dans l'obligation de supprimer pour empêcher l'introduction des eaux folles dans les aqueducs[1].

Cette suppression diminue de 180,000 le nombre de mètres cubes affecté à l'alimentation de Versailles, aussi est-ce pour le remplacer

1. On appelle « eaux folles » le résultat brusque de pluies torrentielles et fonte de neige.

en augmentant de plus du double les surfaces versantes que nous proposons cette amélioration.

La région boisée dont nous parlons semble le véritable complément d'approvisionnement de la ville de Versailles. Cette annexion aura le double avantage d'assainir la forêt et les plaines environnantes, et de recueillir des eaux de qualité supérieure, le sol sur lequel elles coulent formant un véritable filtre. La troisième amélioration, dans un autre ordre d'idées, a une importance non moins grande que celles qui précèdent, car, indépendamment des fossés d'assainissement intérieur du massif boisé dont il est parlé plus haut, il existe dans les plaines des Hogues, de Vies-Eglise, du Perray, des Bréviaires, du Mas, etc., un nombre considérable de vidanges ou rigoles de second ordre dont l'entretien laisse également à désirer.

Une quatrième amélioration résulterait d'un nouvel aménagement de l'étang de Latour et de celui de Hollande.

Nous croyons possible également d'apporter des améliorations dans l'emmagasinement intérieur des étangs de Saint-Hubert. Ainsi, une seule chaussée des levées intérieures renferme un regard à soupapes, qui met tous les étangs en communication entre eux, de telle sorte que leur régime est extrêmement difficile, surtout lorsqu'on arrive à l'époque du faucardage des joncs, litières et petits foins, végétation très importante, ayant deux rôles assignés bien distincts si on les envisage au point de vue de l'amélioration des eaux ; car, tant que cette végétation vit, elle purifie les eaux ; morte, elle les corrompt.

Pour faire cesser un état de choses aussi préjudiciable à l'alimentation de Versailles, nous pensons qu'il y a un moyen pratique à employer qui consiste à transformer les étangs en écluses, ce qui permettrait, à l'époque de l'exploitation des joncs et litières, de baisser alternativement et à volonté, sans perdre d'eau, chacun de ces étangs, laissant ainsi le temps nécessaire pour opérer, non seulement le faucardage, mais l'enlèvement des récoltes dans de bonnes conditions sans craindre, si on apporte quelque retard, la décomposition de cette végétation, si nuisible à la qualité des eaux.

Le rôle des étangs, notamment celui de Saint-Hubert, est changé complètement aujourd'hui. Autrefois, ils étaient plus affectés aux chasses qu'à l'alimentation de la ville ; leurs eaux étaient plus particulièrement utilisées pour l'agrément des parcs de Versailles et de Trianon. Depuis longtemps, d'agrément qu'ils étaient, ces étangs sont devenus d'utilité publique, de véritables réservoirs, aussi faut-il à tout prix les entretenir et les considérer comme tels. Tous les efforts du service des eaux doivent être dirigés vers ce but, car, nous le répétons, le plateau où ils existent est la véritable source d'approvisionnement de la ville de Versailles.

Nous considérons aussi comme très urgent, au point de vue de la qualité des eaux, de modifier les prises d'eaux de départ des étangs du Perray, Saint-Hubert, Mesnil-Saint-Denis et Trappes surtout, dont on pourrait mieux utiliser la rigole de pourtour, le petit lit de rivière.

L'établissement d'un filtre au départ des eaux de l'étang de Trappes s'impose également.

Entre autres améliorations, il en existe une de premier ordre, c'est l'utilisation des étangs de Bois-d'Arcy et de Bois-Robert desséchés depuis longtemps; Bois-Robert surtout, appelé improprement étang, est un magnifique réservoir entouré de murs ou perrés. L'utilisation non moins importante de l'étang de Pré-Clos, placé à l'étage inférieur du système des étangs, constituerait une augmentation d'emmagasinage d'environ 900,900 mètres cubes, représentant l'alimentation de Versailles pendant trois mois. L'étang de Bois-Robert, à notre avis, confirmé par les observations du docteur Fournez et de M. Rabot, n'offre pas pour l'école et le village de Saint-Cyr plus d'inconvénients que n'en présentent les réservoirs de Montboron et de Gobert, à Versailles, pour la santé des habitants.

A l'appui des motifs exposés ci-dessus, nous donnons, à titre de renseignements officiels, les résultats des analyses de M. Rabot, vice-président du conseil d'hygiène du département de Seine-et-Oise, qui justifie notre opinion au sujet de la non-utilisation des étangs de Bois-d'Arcy et de Bois-Robert.

Ces analyses ont été faites avec des échantillons des provenances suivantes. Les premières puisées sont : l'une, dans l'étang de Bois-Robert; l'autre, dans le carré des soupapes de l'étang de Bois-d'Arcy.

Ces analyses n'ont révélé aucune cause d'insalubrité pouvant être attribuée directement soit à l'eau, soit à la vase provenant de ces étangs. M. Rabot a poursuivi ses recherches par l'examen des eaux infectes et des dépôts vaseux provenant des caniveaux et ruisseaux entourant l'école militaire de Saint-Cyr. De ces recherches, M. Rabot conclut : 1° que tous ces échantillons de vases contiennent du purin, des urines, des eaux ménagères ; 2° que ces vases en putréfaction constituent autour de l'école de Saint-Cyr un cordon d'infection qu'il est urgent de faire disparaître.

Ces conclusions se passent de commentaires. Elles viennent à l'appui, nous ne saurions trop le répéter, de l'opinion que nous avons toujours émise, que la présence de l'eau dans l'étang de Bois-Robert ne pouvait apporter aucun trouble dans l'état sanitaire de l'école de Saint-Cyr, les causes infectieuses étant toutes locales.

Le résultat de ces analyses est la condamnation du parti pris qui oblige l'immobilisation, pour cause d'insalubrité, de deux réserves importantes qui réduisent le volume d'eau qui pourrait être affecté à l'alimentation de Versailles de près de un million de mètres cubes ; ce chiffre n'est pas une quantité négligeable ; il ne faut pas oublier que le service des eaux blanches double celui de Marly, il a d'autant plus d'importance que dans le cas d'un chômage de la machine, cas qui s'est plusieurs fois présenté (l'hiver dernier en est une preuve), il serait l'unique ressource de la ville.

En effet, M. Dufrayer, ancien directeur du service des eaux, nous apprend que les chômages forcés, causés par les hautes eaux, les glaces et les réparations varient entre 90 et 94 jours par an ; tout le service est alors arrêté, il ne reste plus que les réserves accumulées dans les réservoirs des Deux-Portes pour faire face aux dépenses d'alimentation de Versailles et des communes suburbaines.

Ce système des étangs et rigoles joue aujourd'hui un rôle beaucoup plus important qu'autrefois, puisque ses eaux servent non seulement aux effets d'eau des bassins du parc, mais encore sont distribuées comme boisson aux habitants de Versailles, sous le nom d'eaux blanches.

Pendant la Révolution, le manque d'eaux de sources et de Seine fit qu'on utilisa pour les fontaines publiques celles des étangs. Mais ce qui détermina surtout son usage comme eau potable fut l'établissement des concessions.

Nous avons déjà fait remarquer que le système des étangs est divisé en deux étages : le premier est composé des étangs de Latour, du Perray, de Saint-Hubert, Mesnil-Saint-Denis et Trappes ; le deuxième, des étangs de Saclay, Trou-Salé, Pré-Clos. Dans le premier étage, comme dans le second, les eaux sont d'origine pluviale et

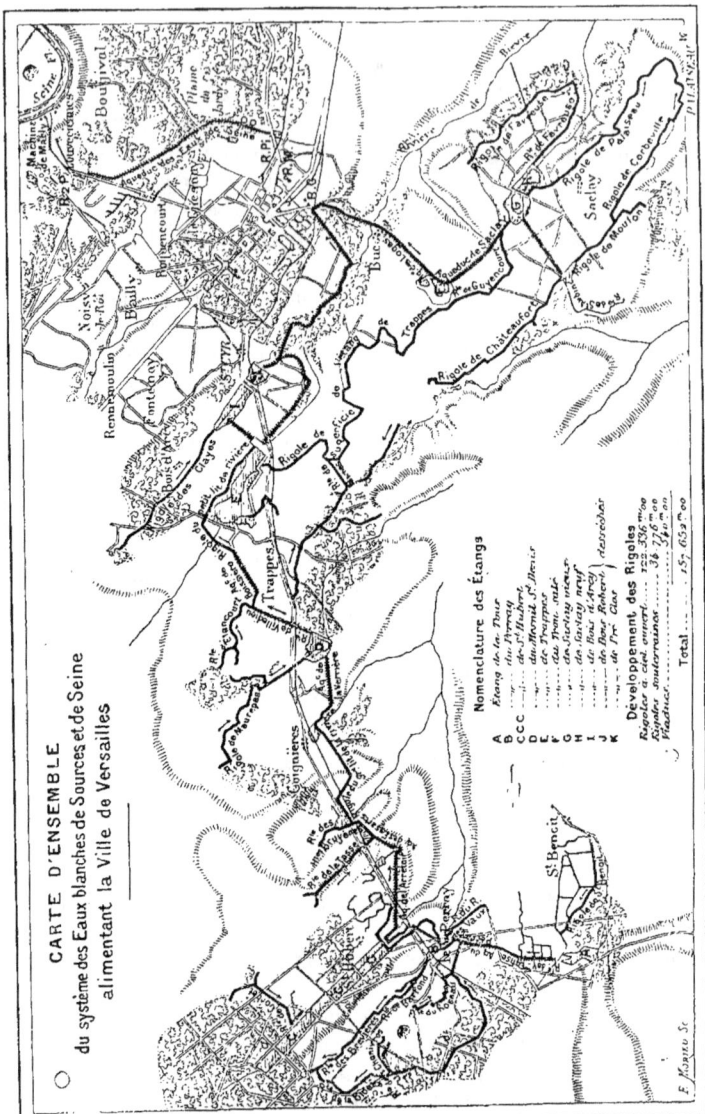

CARTE D'ENSEMBLE
du système des Eaux blanches de Sources et de Seine
alimentant la Ville de Versailles

Nomenclature des Étangs

A   Étang de la Tour
B   —   du Perray
CCC   —   de St-Hubert
C   —   du Mesnil St-Denis
O   —   de Trappes
U   —   de Bois robé
L   —   de Saclay vieux
O   —   de Saclay neuf
I   —   de Bois d'Arcy } desséchés
S   —   de Bois Robert }
X   —   de Pré Clos

Développement des Rigoles
Rigoles à ciel ouvert..... 122.336 m00
Rigoles souterraines 36.316 00
Aqueduct ....   — 170 00
          Total ... 157.652 00

PLANCHE H

F. Kaguenc Sr.

Fig. 1. — Carte d'ensemble des eaux de Versailles.

comme les terrains sur lesquels elles s'écoulent sont d'une constitution géologique analogue, elles doivent contenir à peu près les mêmes éléments.

L'analyse qui a été faite de ces eaux nous oblige à nous reporter à une époque assez éloignée, puisqu'elle date d'environ 50 ans. Le docteur Fournez, pharmacien en chef de l'hôpital militaire de Versailles, qui en est l'auteur, la fit en 1845 et obtint les résultats suivants :

Eau de Trappes.

Dix litres d'eau fournissent par l'évaporation un résidu sec pesant 90 centigrammes et présentent la composition suivante :

	centigr.
Chlorure de sodium	20
Sulfate de chaux	1
Carbonate de chaux	52
Matières organiques	
Silice	3

Le carbonate de chaux est donc le sel prédominant dans la composition de cette eau, puisqu'il constitue les cinq centièmes du résidu salin.

Ce résultat n'offre rien qui doive surprendre ; il pouvait être prévu facilement, puisque le sol du plateau de la Beauce, depuis Rambouillet jusqu'à Saint-Cyr, est composé de marnes et de calcaires de formation supérieure ; or, les eaux pluviales, en parcourant les rigoles creusées dans ces calcaires, à la faveur de l'acide carbonique qu'elles contiennent, doivent en dissoudre quelques parties et en tenir en suspension une quantité plus ou moins grande, variable avec les circonstances, laquelle leur donne cette teinte caractéristique qui les fait désigner sous le nom « d'eaux blanches ».

C'est ainsi qu'en remontant à la constitution géologique d'une contrée, il est presque toujours possible de préjuger la composition des eaux qui l'arrosent, quand toutefois il a été permis de bien étudier la nature des couches profondes à travers lesquelles filtrent les eaux pluviales avant d'arriver au niveau du sol à l'état de sources.

La composition chimique de l'eau provenant des étangs de Sa-

Analyses chimiques des eaux des étangs de Trappes et de Saint-Hubert,
exécutées en juillet 1895 et en janvier 1896,
pendant la période de sécheresse et après de fortes pluies.

	TRAPPES		SAINT-HUBERT	
	Juillet 1895.	Janvier 1896.	Juillet 1895.	Janvier 1896.
Éléments gazeux (composition par litre).				
Acide carbonique............	5cc,50	6,25	4,00	6,00
Oxygène...............	6,00	7,50	6,50	7,50
Azote................................	19,00	19,00	19,50	18,50
Total........	30,50	32,75	30,00	32,00
Éléments fixes (par litre).				
Degré hydrotimétrique..............	6°,5	8°,5	7°	6°,2
Acide carbonique combiné	0,047	0,049	0,056	0,043
Chlore..........	0,015	0,017	0,010	0,014
Acide sulfurique...................	0,008	0,013	0,012	0,009
— azotique...................	fortes tr.	0,0012	traces	traces
— azoteux....................	»	»	»	»
Ammoniaque.........................	0,00007	0,00015	0,00012	0,00035
Chaux......................	0,034	0,043	0,037	0,029
Magnésie	»	»	»	»
Soude..............................	0,010	0,011	0,007	0,006
Silice et alumine ferrugineuses	»	fortes tr.	traces	traces
Oxygène emprunté au permanganate de potasse en solution alcaline....	0,0035	0,003	0,004	0,0035
Résidu desséché...................	0,152	0,175	0,181	0,178
Matière volatile au rouge...........	0,088	0,092	0,108	0,090
Résidu fixe calciné	0,064	0,083	0,073	0,068

Composés hypothétiques.

	TRAPPES		SAINT-HUBERT	
	Juillet 1895.	Janvier 1896.	Juillet 1895.	Janvier 1896.
Bicarbonate de chaux..............	0,075	0,087	0,077	0,074
Sulfate de chaux.................	0,014	0,017	0,015	0,011
Chlorure de sodium...............	0,024	0,026	0,027	0,023
Matières organiques..............	0,072	0,069	0,077	0,075
Analyses bactériologiques.				
Epoque où la liquéfaction de la géla- tine a interrompu la numération...	15e jour	11e jour	15e jour	9e jour
Nombre de colonies par centimètre cube	320	1.220	1.680	2.460
Espèces :				
Champignons ou moisissures........	280	420	360	380
Bactérium termo..................	»	80	»	260
Bacilles subtilis	»	120	»	240
Micrococcus viridis fluorescens	»	60	»	200
Levures blanches et roses	»	220	»	120
Microbes chromogènes vulgaires.....	40	480	1.320	1.260
Bactérium coli commune...........	»	»	»	»
Bacille d'Eberth-Gaffky............	»	»	»	»

clay et de Trou-Salé est peu différente de celle de l'étang de Trappes ; cependant elle laisse après évaporation un résidu plus abondant, coloré par une forte proportion de matières organiques.

L'analyse en a été répétée plusieurs fois afin de lever tous les doutes à ce sujet. C'est toujours à la substance végétale que nous avons dû le léger excédent dans le poids du résidu.

Dix litres de cette eau ont fourni un résidu pesant $1^{gr},10$, composé de :

		centigr.
Chlorure de sodium	....	20
Sulfate de chaux	....	10
Carbonate de chaux	....	62
Silice	....	3
Matières organiques	....	25

L'air et l'acide carbonique sont dans les mêmes proportions que dans l'eau de Trappes. Les réactifs exerçaient la même action et donnaient les mêmes résultats ; en un mot, leur composition est identique.

II. — L'EAU DE SEINE.

L'eau de Seine, depuis sa contamination, n'a été complètement exclue de l'alimentation de Versailles et des communes suburbaines que vers la fin de septembre 1893. Cette mesure eut comme conséquence la suppression de l'envoi à Versailles d'un volume d'eau variant entre 12 et 16,000 mètres cubes par 24 heures, lequel, avec le concours des étangs, des sources de Bailly, de Rocquencourt, du Chesnay, etc., semblait parer à tous les besoins de la ville et des parcs.

En présence d'un état de choses aussi grave, le service des eaux rechercha, non sans raison, le moyen d'y remédier. C'est alors que le forage de deux puits dans l'enclos de la machine de Marly fut décidé. Ces deux puits, dont le rendement fut d'abord reconnu insuffisant, furent reliés entre eux par une galerie afin d'augmenter le débit de la nappe ; mais pour parer à l'insuffisance de son débit et assurer dans l'avenir l'alimentation de Versailles, le service des eaux décida que quatre nouveaux puits seraient forés dans la presqu'île de Croissy, sur la rive droite de la Seine, à

Analyses chimiques de l'eau de la Seine prélevée à l'amont des coursiers de la machine de Marly, en août et en décembre 1895.

	EAU DE SEINE	
	Août 1895.	Décembre 1895.
Éléments gazeux (composition par litre).		
Acide carbonique......................	7cc.50	8,50
Oxygène...............................	1.25	2,80
Azote	16.50	16,20
Total............	25,25	27,50
Éléments fixes.		
Degré hydrotimétrique.................	20°,8	18°,2
Acide carbonique combiné.............	0,106	0,099
Chlore................................	0,007	0,009
Acide sulfurique......................	0,054	0,042
— azotique	0,027	0,032
— azoteux	0,002	0,0003
Ammoniaque........................	0,0025	0,00075
Oxygène emprunté au permanganate de potasse en solution alcaline..........	0,0055	0,0032
Chaux.................................	0,095	0,092
Magnésie	0,006	0,005
Soude	0,022	0,020
Silice................................	0,016	0,015
Alumine ferrugineux...................	0,008	0,008
Résidu desséché.......................	0,397	0,310
Matières volatiles au rouge...........	0,165	0,124
Résidu fixe calciné...................	0,232	0,216

Composés hypothétiques.

	EAU DE SEINE	
	Août 1895.	Décembre 1895.
Bicarbonate de chaux.................	0,149	0,143
— de magnésie	0,027	0,025
Sulfate de chaux................... ..	0,092	0,090
Chlorure de sodium	0,012	0,015
Azotate de soude..................	0,043	0,054
Silice	0,016	0,016
Alumine et oxyde de fer..............	0,008	0,008
Matières organiques	0,110	0,054

Analyses bactériologiques.

Époque où la liquéfaction de la gélatine a interrompu la numération.	7e jour	5e jour
Nombre de colonies par centimètre cube.	93,000	127,000
Espèces :		
Champignons ou moisissures..........	11,000	8,000
Bactérium Termo.....................	7,000	21,000
Bacillus subtilis	3,000	5,000
Micrococcus viridis fluorescens.......	18,000	32,000
Levures blanches et roses............	9,000	4,000
Microbes chromogènes vulgaires......	45,000	57,000
Bactérium coli commune	grande quantité	très grande quantité
Bacilles d'Eberth-Gaffky.............	? ?	? ? ?

l'effet de capter la nappe de l'île Gauthier, en face de l'écluse de la machine.

Deux de ces puits fonctionnent, les deux autres sont en cours de forage. Ces recherches, qui nécessitent des travaux importants, auront eu pour résultat de doter Versailles et de lui assurer un volume d'eau excellente qu'on peut d'ores et déjà estimer de 14 à 16,000 mètres cubes par 24 heures.

Ces nouveaux moyens d'alimentation ont eu pour conséquence de modifier du tout au tout l'emploi de la machine de Marly. En effet, cette machine élevait l'eau de Seine pour les besoins de Versailles et des communes suburbaines ; aujourd'hui, ce fleuve n'est plus utilisé que comme moteur. Son emploi comme eau potable a été soumis à un ostracisme qu'explique sa contamination, mais que jusqu'ici rien ne prouve devoir être définitif; il peut arriver, en effet, que le débit des sources captées subisse à un moment donné une diminution qui impose l'obligation, dans un avenir plus ou moins éloigné, de recourir de nouveau à l'eau de Seine si la dérivation complète des égouts de Paris hors du fleuve s'accomplit et que, de ce fait, elle retrouve ses qualités premières.

Mais, quoi qu'il arrive, et dans le cas fort possible où le débit des sources de Marly et de la presqu'île de Croissy baisserait, nous pensons qu'il serait prudent, si on avait de nouveau, comme nous le prévoyons, recours à l'eau de Seine, d'installer à son arrivée dans les réservoirs des Deux-Portes des filtres ou un réservoir de décantation, de telle sorte que les eaux ainsi dégrossies, débarrassées de leurs matières en suspension, se déverseraient dans les réservoirs d'approvisionnement toutes préparées pour être dirigées ensuite sur Versailles, où les filtres du pavillon de Picardie achèveraient leur épuration.

Au moment où l'eau de Seine cesse de faire partie de l'alimentation de Versailles, il nous a semblé, comme épilogue à ce qui a été dit et écrit sur elle, devoir consacrer à son sujet un souvenir rétrospectif, rappelant en cette circonstance toute d'actualité que, pendant une période de 152 ans, c'est-à-dire de 1741 à 1893, la Seine, qui a été un des principaux auxiliaires de l'approvisionnement de Versailles, pourrait encore, dans un avenir plus ou moins rapproché et grâce aux mesures sanitaires prises par la ville de Paris, reprendre la situation qu'elle occupait jadis dans le classement des eaux potables, c'est-à-dire un des premiers rangs.

***

III. — Service des eaux de sources dites de Colbert

Au système des étangs et rigoles sous Louis XIV, Colbert fit ajouter un service des eaux de sources captées dans Versailles et ses environs. Ce service se compose encore : 1° des sources de la plaine du Trou-d'Enfer, de Bailly et de Vauluceaux; 2° de celles de Rocquencourt, du Chesnay et de la plaine des Fonds-Maréchaux.

Leur aménagement comprend : 1° un système d'aqueducs souterrains d'un développement de 9,149 mètres; 2° un système de conduites en fonte, grès, voire même en bois, d'une longueur de 8,182 mètres.

Par sa situation topographique et ses différentes altitudes, ce service forme deux étages. Il est séparé du service des eaux blanches par la vallée de Gally; il est bordé au midi par les coteaux de Saint-Cyr et de Bois-d'Arcy; au nord par la forêt de Marly.

Le premier étage est composé exclusivement d'aqueducs situés dans la plaine du Trou-d'Enfer, à l'altitude de 175 mètres. Le captage des sources a été opéré à une profondeur variant de 25 à 27 mètres.

Il existe également dans la plaine de Bailly d'autres aqueducs dont le point de départ est le pied du coteau dominé par la plaine du Trou-d'Enfer. Ils sont à l'altitude de 142 mètres. Le captage de leurs sources a été opéré à une profondeur variant de 5 à 7 mètres.

C'est en 1680, à la suite d'ordres donnés par Colbert, que furent faites les premières recherches de sources dans la plaine et au pied du versant désigné ci-dessus; les secondes, dans la plaine de Bailly. Le rendement de ces sources a été relativement considérable autrefois; aujourd'hui, il est presque insignifiant.

Le deuxième étage, comme aménagement, se compose d'aqueducs et de divers tuyaux sillonnant les plaines du Chesnay, du Bas-Bel-Air et des Fonds-Maréchaux. Leur profondeur varie entre 4 et 6 mètres; celle des tuyaux, de 2 à 4 mètres.

Dans ce deuxième étage se trouvent compris les puits de la Reine qui composent un service indépendant des précédents et exclusivement affecté aux jardins de Trianon.

Le service de la plaine du Trou-d'Enfer aboutit à une chambre de réunion, la première établie sur ce service. Elle est située près du poste de garde fontainier, dans la forêt de Marly : c'est le point terminus du grand aqueduc du Trou-d'Enfer et de ses rameaux dont elle porte le nom.

De cette chambre part un aqueduc de moyenne grandeur qui recueille dans son parcours toutes les sources de la plaine de Bailly, lesquelles sont dirigées vers une deuxième chambre appelée Regard-des-Gendarmes, qui est mise en communication avec une troisième chambre de réunion au moyen d'une conduite en fonte. Cette chambre est située dans la plaine du Chesnay, près de l'avenue de ce nom.

Un troisième aqueduc, dont le point de départ est la chambre du Trou-d'Enfer, traverse une partie des plaines de Bailly, de Rocquencourt et du Chesnay; cet aqueduc aboutit à une quatrième chambre dite de Flachard, laquelle reçoit, outre les sources du Trou-d'Enfer et de Bailly, celles du Bas-Bel-Air. Par une conduite moitié en fonte et moitié en grès, ces sources sont dirigées vers une cinquième chambre appelée Regard-l'Évêque; puis, de cette dernière, toujours par des conduites, se déversent dans le grand carré de réunion de la plaine du Chesnay déjà mentionné plus haut, d'où part une conduite unique par laquelle sont amenées à Versailles les eaux de sources distribuées à sept fontaines publiques.

Indépendamment des services mentionnés ci-dessus et faisant partie des sources dites de Colbert, il en existe un autre spécialement désigné sous le nom de sources de la plaine des Fonds-Maréchaux, situé à l'est de la plaine du Chesnay. Ce service alimente à Versailles une seule fontaine, celle placée rue de Beauvau, près de la rue Duplessis. Cette fontaine fait partie des quatre qui desservent le quartier Notre-Dame.

Disons en passant, au sujet de cette fontaine, que les analyses chimiques et bactériologiques des eaux qu'elle distribue ont démontré que leur qualité était de beaucoup supérieure à celles distribuées aux six autres fontaines désignées ci-après.

Ces fontaines sont réparties dans la ville de Versailles de la manière suivante : quatre dans le quartier Notre-Dame et trois dans le quartier Saint-Louis.

Un jaugeage fait en 1875 a appris que le rendement des sources, malgré le mauvais état d'entretien, donnait encore par 24 heures un volume d'eau d'environ 120 mètres cubes et celui perdu pour la consommation de 130 mètres, soit, par an, 91,250 mètres cubes d'eau potable d'excellente qualité, qu'on pourrait utiliser en créant

Analyses chimiques des eaux de sources dites de Colbert
qui alimentent plusieurs fontaines de la Ville exécutées en juin et en novembre 1895.

	FONTAINE DE LA PLACE HOCHE		FONTAINE DE LA PLACE St-LOUIS		FONTAINE DE LA RUE DE BEAUVAU		FONTAINE DE LA VIERGE rue de l'Hermitage		OBSERVATIONS.
	Juin 1895.	Novembre 1895.	Juin 1895.	Novembre 1895.	Juin 1895.	Novembre 1895.	Juin 1895.	Novembre 1895.	
Éléments gazeux.									Aux deux époques ces eaux ont, à très peu de chose près, les mêmes compositions. La fontaine de la place Hoche et celle de la place Saint-Louis sont alimentées par les mêmes sources. Toutes ces eaux sont potables à l'exception de celle de la rue de l'Hermitage qui est trop séléniteuse.
Acide carbonique	7.40		7.40		7.50		6.25	»	
Oxygène	6.75		6.75		8.60		5.50	»	
Azote	12.25		12.25		20.50		16.25	»	
Total	26.40		26.40		36.60		28.00	»	
Éléments fixes (par litre).									
Degré hydrotimétrique	51°.5	Aux deux époques même composition des eaux.	51°.5	Même composition aux deux époques. (Ces deux fontaines sont alimentées par les mêmes sources.	49°.5	Aucun changement dans la composition.	41°	41°	
Chlore	0.021		0.021		0.045		0.071	0.071	
Acide carbonique combiné	0.119		0.119		0.078		0.359	0.359	
— sulfurique	0.230		0.230		0.070		0.456	0.456	
— azotique	0.089		0.089		0.013		0.123	0.123	
— azoteux	»		»		traces		absence	absence	
Oxygène emprunté au permanganate de potasse en solution alcaline	0.00915		0.00915		traces		traces	0.00025	
Chaux	0.0012		0.0005		0.008		0.011	0.0015	
Magnésie	0.178		0.178		0.088		0.390	0.390	
Soude	0.084		0.084		0.019		0.147	0.417	
Silice	0.051		0.051		0.012		0.129	0.129	
Alumine, oxyde de fer	0.011		0.011		traces		0.007	0.007	
Résidu desséché	traces		traces		traces		traces	traces	
Résidu fixe calciné	0.761		0.780		0.276		1.315	1.305	
Matières volatiles au rouge	0.619		0.620		0.181		1.291	1.297	
	0.145		0.169		0.095		0.204	0.208	

Composés hypothétiques.

	FONTAINE DE LA PLACE HOCHE		FONTAINE DE LA PLACE St-LOUIS		FONTAINE DE LA RUE DE BEAUVAU		FONTAINE DE LA VIERGE rue de l'Hermitage		OBSERVATIONS.
	Juin 1895.	Novembre 1895.	Juin 1895.	Novembre 1895.	Juin 1895.	Novembre 1895.	Juin 1895.	Novembre 1895.	
Bicarbonate de chaux..........	0,187		0,187		0,127		0,238		
Bicarbonate de magnésie.......	0,112		0,112		0,098		0,268		
Sulfate de chaux.............	0,250		0,250		0,019		0,202		
Sulfate de magnésie..........	0,032		0,032		0,075		0,188		
Chlorure de sodium...........	0,188	Même composition chimique.	0,188	Même composition chimique.	»	Même composition chimique.	0,198	Même composition chimique.	
Azotate de chaux.............	0,039		0,030		0,020		»		
Azotate de soude.............	0,011		0,011		traces		0,188		
Silice......................	fortes tr.		fortes tr.		traces		0,007		
Alumine et oxyde de fer......							traces		
Matières organiques..........	0,022		0,010		0,016		0,020		

Analyse bactériologique.

	FONTAINE DE LA PLACE HOCHE		FONTAINE DE LA PLACE St-LOUIS		FONTAINE DE LA RUE DE BEAUVAU		FONTAINE DE LA VIERGE rue de l'Hermitage		OBSERVATIONS.
	Juin 1895.	Novembre 1895.	Juin 1895.	Novembre 1895.	Juin 1895.	Novembre 1895.	Juin 1895.	Novembre 1895.	
Époque où la liquéfaction de la gélatine a interrompu la numération....... (pas de liquefact. complète)									
Nombre de colonies par centimètre cube.........	1.580	800	2.200	1.400	390	100	80		
Espèces :									
Champignons ou moisissures...	1.720	750	1.950	300	»	70	400	48	
Bactérium termo..............	»	»	»	»	»	»	»	»	
Bacillus subtilis............	»	»	»	»	»	»	»	»	
Micrococcus viridis fluorescens	»	»	»	»	»	»	»	»	
Levures blanches et roses....	»	»	240	»	»	»	80	»	
Microbes vulgaires...........	460	40	»	500	50	120	»	8	
Bactérium coli commune.......	»	»	»	»	»	»	»	»	
Bacille d'Eberth Galffky	»	»	»	»	»	»	»	»	

****

un établissement hydraulique spécialement affecté à l'alimentation des communes du Chesnay et de Rocquencourt.

Le résultat des analyses qui précèdent fera cesser, nous l'espérons, toute espèce de doute sur la qualité des eaux de sources dites de Colbert. Ces sources, situées au N.-O. de Versailles, si elles étaient utilisées, constitueraient pour la ville et principalement pour les communes du Chesnay et de Rocquencourt une alimentation en eau de bonne qualité dont le rendement pourrait encore être augmenté dans de notables proportions.

Il est intéressant de constater, ne serait-ce qu'au point de vue historique, que le service des eaux de sources, malgré ses 216 années d'existence, rend encore aujourd'hui et serait appelé à rendre, après aménagements convenables, de bien plus grands services dans l'avenir; il pourrait même devenir une source de richesse pour la région où semble encore planer l'ombre du grand Colbert.

IV. L'EAU DE LA NAPPE SOUTERRAINE DE MARLY, AINSI QUE CELLE DE LA PRESQU'ILE DE CROISSY, SUBSTITUÉES AUX EAUX DE SEINE.

Pendant que nous nous livrions aux recherches indispensables

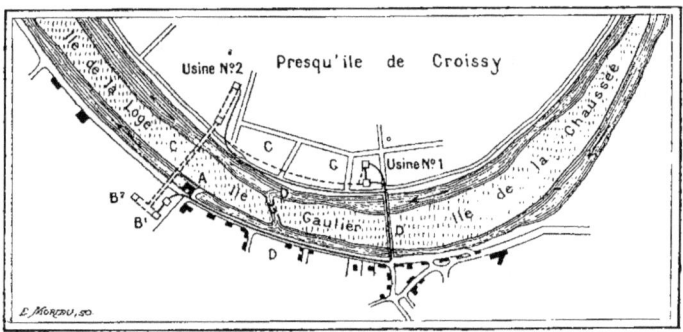

FIG. 2. — Plan d'ensemble de l'établissement hydraulique de Marly et de la presqu'île de Croissy.

A, établissement hydraulique de Marly; B, cour de l'ancienne machine à vapeur; B' B', puits réunis par une galerie dans la craie; C, galerie souterraine du projet Douchain; 1, 2, 3, 4, puits de la presqu'île de Croissy; D, D, conduite de 4m,400 amenant aux pompes de la machine de Marly les eaux refoulées par les usines 1 et 2 de Croissy.

pour établir notre mémoire sur le régime, la quantité et la qualité des eaux distribuées à Versailles, nous avons suivi avec le plus vif intérêt les nouveaux travaux de forage exécutés dans la presqu'île de Croissy, sous la haute direction de M. l'Ingénieur en chef Berthet et de M. Douchain, Inspecteur principal chargé du service de la machine de Marly. Ces messieurs ont bien voulu nous communiquer gracieusement des renseignements sur ces travaux.

Le rendement des puits est :

1° pour les deux anciens, de 3,500 mètres cubes;

2° pour les nouveaux, le premier, de 4,500 mètres cubes;

3° pour le deuxième, de 4,500 mètres cubes.

Soit un total par 24 heures de 12,000 mètres cubes.

La dépense moyenne en ce moment étant de 7,500 mètres cubes, l'emmagasinage dans les réservoirs est donc par jour de 4,500 mètres cubes. Ce chiffre, qui n'est qu'un minimum, nous présente l'avenir sous un aspect rassurant et nous fait prévoir la fin des appréhensions des habitants de Versailles au sujet de leur alimentation en eau potable.

L'eau nouvelle provenant des nappes mentionnées ci-dessus, distribuée à Versailles et dans les communes suburbaines, a été depuis longtemps l'objet d'études sérieuses et de plusieurs analyses.

Les premières furent faites en 1879 par M. Rabot, docteur ès sciences, vice-président du Conseil d'hygiène de Seine-et-Oise. A ce sujet, M. Rabot communiquait à la Société des sciences naturelles et médicales de Versailles une note qui a été insérée dans les mémoires de cette Société. Voici en substance son contenu :

D'après M. Rabot, ces sources proviennent d'une nappe souterraine située au-dessous de la vallée de Croissy et du Vésinet; elles paraissent fournies, dit-il, par une nappe d'eau très abondante que l'on rencontre à la partie supérieure de la couche de craie sur laquelle reposent des alluvions de la vallée de la Seine; c'est dans cette nappe que s'alimente la commune du Vésinet. L'eau de cette nappe est de très bonne qualité; son analyse qualitative faite en 1879 a donné les résultats suivants :

Analyses des eaux de la nappe de Marly faites en 1879, par M. Rabot.

Degré hydrotimétrique .... 34°
Carbonate de chaux............................ 0,070
Sulfate de chaux................................ 0,185

Carbonate de magnésie	0,012
Sulfate de magnésie	0,026
Sulfate de soude	0,020
Chlorure de calcium	0,022
Chlorure de magnésium	0,022
Silice, alumine, oxyde de fer	0,015

M. Gérardin, docteur ès sciences, inspecteur des établissements classés de la ville de Paris, ne partage pas l'opinion de M. Rabot sur la nature de ces eaux. Pour lui, la nappe souterraine de Marly n'est pas limitée à Croissy, au Vésinet, Bougival et Marly, elle s'étend au loin dans la vallée de la Seine. Elle est signalée sur la carte hydrologique de M. Delesse ; son existence et son abondance ne peuvent faire l'objet d'aucune discussion.

M. Pallu, fondateur du Vésinet, a compté sur cette nappe encore inexploitée pour alimenter le Vésinet ; son espoir n'a pas été déçu et le succès qui l'a couronné indique aux communes riveraines de la Seine le procédé pratique pour les alimenter en eaux excellentes, malgré la contamination croissante du fleuve.

M. Belgrand a fait voir qu'il existe des nappes semblables dans le fond de toutes les vallées des terrains perméables. Les plus grands marais du bassin de la Seine et du Nord de la France se trouvent au fond des vallées crayeuses de la Champagne, de la Picardie et de la Flandre. Les terrains les plus secs de la même région forment des coteaux qui bordent ces marais. On passe sans transition d'une tourbière à un terrain qui, au premier abord, paraît absolument stérile, tant il est sec.

En effet, les eaux pluviales qui tombent sur un terrain perméable pénètrent dans le sol jusqu'à ce qu'elles rencontrent un terrain imperméable. Elles en remplissent toutes les fissures et finissent par remonter jusqu'à la surface du sol ; si le terrain est sillonné par une vallée, celle-ci est un véritable drain vers lequel affluent toutes les eaux absorbées par les plateaux.

A Jusiers, par exemple, entre Meulan et Mantes, la nappe souterraine de la craie arrive à la surface du sol et forme dans le lit de la Seine même des sources très abondantes, tandis qu'à Marly et au Vésinet, cette nappe est à 15 ou 20 mètres au-dessous du sol.

Nous insistons sur cette question parce qu'une erreur trop accréditée tend à faire supposer que ces nappes ne sont autre chose que des infiltrations de rivières, ce qui n'est pas ; car, en premier lieu,

l'expérience démontre que la partie constamment mouillée du lit
d'un cours d'eau est absolument imperméable, et en second lieu,
la composition chimique de ces nappes dépend uniquement de la
nature géologique des plateaux et non pas de la nature des eaux
courantes à la surface des vallées. Si la nappe de Marly était une
infiltration de la Seine, elle se tiendrait à peu près au même niveau
qu'elle et non à 14 mètres en contrebas, profondeur à laquelle elle
se rencontre au Vésinet, à Marly et dans d'autres localités voisines
de la Seine. De plus, elle aurait à peu près la composition chimique de l'eau de Seine, ce qui est loin d'exister.

Les substances minérales en dissolution dans les eaux du bassin
de la Seine sont peu nombreuses. Ces eaux ne contiennent que du
carbonate de chaux et quelques substances complètement inno-
centes, telles que la silice, l'alumine et quelques chlorures. Dans
la banlieue de Paris, une autre substance, le sulfate de chaux, vient
s'ajouter à ces éléments dans les eaux de sources et de nappes
souterraines.

*Analyse faite par M. Rabot, le 5 décembre 1894, de l'eau des
sources provenant des deux premiers puits de la presqu'île de
Croissy.* — L'échantillon est limpide, incolore, sans odeur, à
saveur fraîche, agréable ; réaction neutre. L'essai hydrotimétrique
donne : eau d'échantillon, 56° ; eau traitée par l'oxalate d'ammoniaque, 19° ; eau bouillie, filtrée, 42° ; eau bouillie traitée par
l'oxalate, 18°.

Cette eau renferme 0,005 d'acide carbonique libre par litre.

	gr.
Résidu d'évaporation par litre...................	0,80
Perte à la calcination.........................	0,07
(Le résidu est blanc, sec, pulvérulent, non hygrométrique).	
Bicarbonate de chaux...........................	0,1389
Sulfate de chaux..............................	0,3361
Sulfate de magnésie...........................	0,2160
Chlorure de sodium............................	0,0120
Azotates.....................................	0,0030
Sulfate de soude..............................	0,0310
Silice, alumine, oxyde de fer..................	0,0200
Perte..	0,0430
Total.........	0,8000

Le dosage des matières organiques a été fait par le permanganate

Nos analyses de l'eau de puits de la machine de Marly
et des puits de la presqu'île de Croissy qui concourent à l'alimentation
de Versailles, exécutées en août et décembre 1895.

	EAU DES PUITS DE MARLY		EAU DES PUITS DE CROISSY	
	août 1895.	décembre 1895.	août 1895.	décembre 1895.
Éléments fixes.				
Acide carbonique.................	8cc.50	10.00	7.25	8.00
Oxygène	8.75	9.50	9.25	9.75
Azote.................	15.50	16.00	16.00	16.50
Total.........	32.75	35.50	33.50	34.25
Éléments gazeux (composition par litre).				
Degré hydrotimétrique.............	41°,8	52°.8	38°	36°.5
Chlore.........................	0.047	0.205	0.045	0.041
Acide carbonique combiné..........	0.070	0.050	0.129	0.124
— sulfurique..............	0.176	0.198	0.160	0.140
— azotique..............	0.001	0.001	0.0015	0.002
— azoteux..............	absence	absence	absence	absence
Ammoniaque....................	0.0003	0.00015	0.0002	0.00025
Oxygène emprunté au permanganate.	0.0015	0.001	0.001	0.0015
Chaux........................	0.162	0.196	0.148	0.141
Magnésie.....................	0.048	0.056	0.032	0.030
Soude et potasse................	0.043	0.036	0.045	0.045
Silice........................	0.014	0.018	traces	traces
Alumine d'oxyde de fer............	fortes tr.	traces	fortes tr.	fortes tr.
Résidu desséché................	0.610	0.729	0.505	0.494
Matières volatiles au rouge........	0.117	0.135	0.083	0.080
Résidu fixe calciné...............	0.493	0.594	0.422	0.414
Composés hypothétiques.				
Bicarbonate de chaux.............	0.276	0.334	0.209	0.204
Sulfate de chaux...............	0.140	0.143	0.168	0.165
— de magnésie.............	0.144	0.151	0.094	0.086
Chlorure de sodium..............	0.081	0.108	0.075	0.072
Silice........................	0.014	0.018	traces	traces
Alumine et oxyde de fer..........	fortes tr.	traces	fortes tr.	fortes tr.
Matières organiques..............	0.030	0.015	0.020	0.030
Analyse bactériologique.				
Époque où la liquéfaction de la gélatine a interrompu la numération.	14e jour	16e jour	7e jour	5e jour
Nombre de colonies par centimètre cube......	400	320	1.640	2.880
Espèces :				
Champignons ou moisissures........	80	140	»	»
Bactérium termo..................	20	4	360	340
Bacilles subtilis................	»	16	»	»
Micrococcus viridis fluorescens......	»	»	680	1.480
Levures blanches et roses........	»	»	»	140
Microbes chromogènes vulgaires.....	280	160	600	920
Bactérium coli commune...........	»	»	»	»
Bacille d'Eberth-Gaffky............	»	»	»	»

Analyses chimiques de l'eau fournie par les réservoirs de la ville de Versailles aux divers quartiers de la ville et de celle de la Ménagerie et du camp de Satory, exécutées en juin et en novembre 1895.

	FONTAINE NORD		FONTAINE SUD *		HOPITAL MILITAIRE*		EAU DU PARC D'AÉROSTIERS de la Ménagerie à Versailles.	EAU DE LA FONTAINE du camp de Satory.	OBSERVATIONS.
	Juin 1895.	Novembre 1895.	Juin 1895.	Novembre 1895.	Juin 1895.	Novembre 1895.	29 août 1895.	16 août 1895.	
Éléments gazeux (composition par litre).									
Acide carbonique	5,50	8,00	»	»	»	»	10,25	6,50	
Oxygène	8,50	9,00	»	»	»	»	7,50	3,25	
Azote	14,25	15,50	»	»	»	»	18,25	16,25	
Total	28,25	32,50	»	»	»	»	36,00	26,00	
Éléments solides.									
Degré hydrotimétrique	25,5	40,5	»	»	»	»	40°	17,8	
Acide carbonique combiné	0,103	0,157	»	»	»	»	0,436	0,088	
Chlore	0,012	0,012	»	»	»	»	0,013	0,009	
Acide sulfurique	0,011	0,151	»	»	»	»	0,140	0,048	
— azotique	0,0017	0,00125	»	»	»	»	0,026	0,001	
— azoteux	absence	absence	»	»	»	»	absence	fortes traces	
Ammoniaque	traces	0,00025	»	»	»	»	0,00025	0,0013	
Oxygène emprunté au permanganate	0,0015	0,0008	0,0025	0,0012	0,0012	0,0016	0,0025	0,0035	
Chaux	0,088	0,155	»	»	»	»	0,176	0,070	
Magnésie	0,034	0,149	»	»	»	»	0,127	0,006	
Soude	0,019	0,052	»	»	»	»	0,019	0,008	
Silice	0,014	0,010	»	»	»	»	»	0,015	
Alumine et oxyde de fer	0,008	0,009	»	»	»	»	»	0,009	
Résidu desséché	0,367	0,382	»	»	»	»	0,525	0,281	
Matière volatile au rouge	0,142	0,107	»	»	»	»	0,131	0,129	
Résidu calciné	0,249	0,475	»	»	»	»	0,384	0,161	

* A l'exception de l'oxygène emprunté, même composition que la fontaine Nord, aux mêmes époques.

Composés hypothétiques.

	FONTAINE NORD		FONTAINE SUD *		HOPITAL MILITAIRE *		POMPE de la MÉNAGERIE	FONTAINE DE SATORY (camp)	OBSERVATIONS.
	Juin 1895.	Novembre 1895.	Juillet 1895.	Novembre 1895.	Juillet 1895.	Novembre 1895.	Août 1895.	Août 1895.	
Bicarbonate de chaux	0,164	0,267	»	»	»	»	0,253	0,419	
Sulfate de chaux	0,056	0,134	»	»	»	»	0,196	0,083	
— de magnésie	0,100	0,441	»	»	»	»	0,037	0,024	
Chlorure de sodium	0,021	0,077	»	»	»	»	0,017	0,014	
Azotate de soude	0,003	0,005	»	»	»	»	0,011	0,002	
Silice	0,014	0,014	»	*	»	»	0,015	0,015	
Alumine et oxyde de fer	0,008	0,005	»	»	»	»	fortes traces	0,010	
Matière organique	0,030	0,016	0,052	0,024	0,064	0,024	0,050	0,070	
Sulfate de soude	0,016	»	»	»	»	»	»	»	

Analyse bactériologique.

Époque où la liquéfaction de la gélatine a interrompu la numération	pas de liquéfact.	13e jour	pas de liquéfact.	pas de liquéfact.	11e jour	10e jour	12e jour	7e jour	
Nombre de colonies par centimètre cube	2,680	1,640	3,120	2,900	4,680	1,200	880	48,000	
Espèces :									
Champignons ou moisissures	2,320	1,200	3,000	2,100	3,210	2,600	320	5,000	
Bactérium termo	»	40	»	»	320	160	120	3,000	
Micrococcus viridis-fluorescens	»	60	»	»	»	»	»	11,000	
Bacillus subtilis	»	»	»	»	»	240	»	6,000	
Levures blanches et roses	»	»	»	»	»	»	80	7,000	
Bactérium coli commune	»	»	»	»	»	»	»	présence	
Bacille d'Eberth-Gaffky	»	»	»	»	»	»	»	?	
Microbes vulgaires	360	310	120	700	1,120	1,200	360	1,600	

* A l'exception de l'oxygène emprunté, même composition que dans la fontaine Nord, aux mêmes époques.

de potasse en solution alcaline ; oxygène employé pour un litre
= 0^{gr},0008.

Conclusion. — Eau très pure au point de vue des matières
organiques ; eau calcaire.

Conclusions générales. — L'eau fournie par les réservoirs de la
ville de Versailles est de bonne qualité sous tous les rapports ; elle
est le résultat d'un mélange de liquides provenant de la nappe de
Marly, de la presqu'île de Croissy, des étangs de Trappes et de
Saint-Hubert, trois sources différentes dont nous donnons d'autre
part les compositions. En un mot, toutes les eaux qui concourent
à l'alimentation de Versailles y sont représentées, à l'exception des
sources dites de Colbert.

Les trois fontaines de la ville où l'eau a été puisée au hasard, au
Nord, au Sud, à l'hôpital militaire, fournissent la même eau.

L'eau fournie par la fontaine du camp de Satory présente une
bonne composition chimique, mais elle est mauvaise par suite de
sa contamination. Frappés de l'analogie qui existe entre la composition de cette eau que l'on croit fournie par Versailles et celle de
l'eau de Seine, nous avons pris des renseignements et acquis la
certitude que le plateau de Satory est alimenté par l'usine hydraulique établie à Choisy-le-Roi, par la Compagnie des eaux de Paris.
C'est donc de l'eau de Seine prise à Choisy-le-Roi, à 9 kilomètres
en amont de la capitale, que l'on boit au camp de Satory, alors
qu'il n'en arrive plus une seule goutte à Versailles.

La comparaison des résultats des deux analyses de l'eau de ces
fontaines fait ressortir des différences considérables. Pour ne parler
que du degré hydrotimétrique, la dernière analyse accuse 40°,5
tandis que celle du mois d'août n'avait donné que 25°,5. Cette
anomalie s'explique de la façon suivante :

A la suite des fortes sécheresses de l'été de 1895, les étangs qui
concourent à l'alimentation ayant été mis complètement à sec, les
réservoirs de la ville ne recevaient plus pour le moment que de
l'eau provenant des puits de Marly et de Croissy. Or, nous avons
dit plus haut que, dans les circonstances normales, les réservoirs
recevaient en même temps que les eaux de ces puits des eaux
blanches d'étangs. Ces dernières, qui ont un degré hydrotimétrique
variant entre 6 et 7°, contribuent dans de fortes proportions à

l'abaissement du degré hydrotimétrique du mélange ; d'autre part, en comparant l'eau débitée par cette fontaine avec celle fournie par les puits de Marly et de Croissy, on voit qu'elles ont une grande analogie de composition.

V. — SERVICE INTÉRIEUR DE VERSAILLES ;
SES RÉSERVES ET LA NÉCESSITÉ DE LEUR AUGMENTATION

En première ligne, il importerait d'exécuter complètement le projet de Vauban en utilisant la forme qui existe encore aujourd'hui des deux réservoirs de Montboron qui font suite à ceux actuellement en usage, ce qui constituerait une augmentation de réserve de 115,000 mètres cubes. Nous demandons également le rétablissement et l'utilisation comme autrefois, du réservoir de la plaine de Chèvreloup, dont la capacité est d'environ 42,000 mètres cubes [1], l'utilisation pour le service de la ville de deux réservoirs jusqu'à présent attribués au service du parc et au jeu des eaux.

Ces réservoirs sont : l'un, le château d'eau ; l'autre, le réservoir de l'aile. Quoique d'une capacité de peu d'importance (7,000 mètres cubes), ils pourraient dans un moment de pénurie augmenter le volume d'approvisionnement de la ville.

La pièce d'eau des Suisses réservoir. — Sous ce titre, nous pensons également qu'un aménagement spécial qui y serait affecté serait une amélioration importante à étudier. En effet, les sources de cette pièce d'eau produisent une moyenne de 120 mètres cubes par 24 heures, c'est-à-dire une perte sèche pour la consommation de 120,000 litres. Le volume de ces sources pourrait également, il nous semble, être augmenté en utilisant celles d'affleurement qui entourent cette partie de la pièce d'eau, en procédant à un drainage au pied du versant qui longe la plaine du Mail et de la plaine elle-même qui renferme à une très faible profondeur une nappe très abondante.

Établissement hydraulique à la pièce d'eau des Suisses. — La création d'un établissement de ce genre dans le voisinage de la pièce d'eau serait également une excellente amélioration : en effet, si on considère les services qu'il serait appelé à rendre, on est surpris qu'il soit à créer.

---

1. Le réservoir de Chèvreloup a fait partie autrefois du service des eaux de sources.

Ce nouveau service offrirait le double avantage d'alimenter :
1° une partie du quartier Saint-Louis, le Potager, dans les moments de pénurie ou de chômage de la machine de Marly ; 2° de devenir l'amorce d'un service destiné à approvisionner la commune suburbaine de Saint-Cyr et l'Ecole spéciale militaire ; il suffirait d'utiliser, en la prolongeant de 5 à 600 mètres, la conduite dite de la Ménagerie jusqu'au point culminant où serait placé le réservoir d'approvisionnement.

Pour obtenir la transformation de cette pièce d'eau, il est nécessaire d'exécuter certains travaux d'améliorations.

Les améliorations sont de deux sortes : la première consisterait dans son entier curage, ou tout au moins et pour diminuer la dépense, dans le curage partiel de ses bords sur une largeur d'environ 25 à 30 mètres, et dans l'élargissement de son pourtour sur une largeur de 2 mètres ; la deuxième serait le creusement de ses bords, de façon à donner au pied du talus de ses berges une profondeur constante de $0^m,40$ centimètres, de telle sorte que ses plages malsaines, recouvertes ordinairement d'une très mince épaisseur d'eau, disparaîtraient et seraient remplacées par la tranche d'eau préservatrice que nous proposons.

Cette opération permettrait de raviver les berges de cette pièce d'eau, de débarrasser ses abords des herbes aquatiques qui l'encombrent et qui, par la température élevée de l'été, se dessèchent et meurent. Ces herbes, en se décomposant, forment des dépôts infectieux qui dégagent, à certaines époques de l'année, des émanations délétères.

L'aménagement spécial que nous demandons pour la pièce d'eau des Suisses lui permettrait de devenir ainsi un important auxiliaire du service intérieur de la ville, permettant de prélever sur sa surface, et cela sans nuire à l'hygiène publique, une tranche d'eau de 65,000 mètres cubes par leur nature d'assez bonne qualité, comme en témoignent les analyses que nous donnons plus loin et l'emploi qui en a été fait en 1858, année pendant laquelle on a procédé à la construction de la nouvelle machine de Marly.

Etablissement de deux réservoirs sur le plateau des Deux-Moulins. — Un réservoir d'une capacité de 140 mètres cubes a été installé sur le plateau des Deux-Moulins. Ce n'est pas un, c'est deux qui seraient nécessaires. Dans notre pensée, cette installation aurait

pour objet, en augmentant les réserves de la ville, d'apporter une
amélioration notable dans la distribution de cette région et d'aider
au développement du quartier de Clagny et du plateau de Jardy,
jusqu'alors complètement déshérités. L'élévation de ces réservoirs
permettra d'atteindre les points les plus élevés de la ville, de
dominer les combles du château qui sont à la cote (170) et le plateau de Satory, où est l'arsenal (179).

Ce nouvel établissement hydraulique est appelé dans le présent,
comme dans l'avenir, à rendre les plus grands services. Tout
d'abord, il présente un double intérêt. Dans le présent, il assure
l'approvisionnement du nouveau quartier de Clagny, ensuite celui
du plateau de Jardy, jusqu'alors impuissants à se procurer de l'eau.

*Jonction du service des eaux de Versailles avec celui de Saint-
Cloud.* — Cette opération permettra de combler une lacune qui
consiste à relier le service des eaux de Versailles avec celui de
Saint-Cloud ; elle aura, en outre, pour conséquence immédiate de
faire cesser les appréhensions des populations desservies par le
service de Saint-Cloud qui n'auraient plus à redouter le chômage de
la machine de Marly, qui les priverait complètement d'eau. C'est
alors qu'interviendrait le service des eaux de Versailles avec le concours de ses étangs et de son incomparable service extérieur.

Analyses de l'eau de la pièce d'eau des Suisses. — Les échantillons destinés aux analyses chimiques et bactériologiques ont été
prélevés séparément, avec toutes les précautions désirables, le
25 juin 1895, à 8 heures du matin, par un temps sec et chaud, avec
une pression atmosphérique de $0^m,760$ et une température de
$26^o,5$.

Le liquide recueilli marquait 24° au thermomètre, il était trouble
et avait laissé déposer au fond de son récipient une substance flo-
conneuse, de couleur brune, composée en grande partie de terre
argilo-calcaire et de débris végétaux en cours de décomposition.

Par la filtration, nous avons obtenu une eau claire, limpide, incolore, inodore, mais de saveur fade et désagréable, sans aucune
action sur le papier de tournesol.

L'analyse chimique, exécutée comme il a été dit plus haut, a
donné les résultats suivants :

Gaz en dissolution :

	cc.
Acide carbonique	7,5
Oxygène	3,2
Azote	15,5
	26,2

Éléments solides :

Degré hydrotimétrique	51°,2	
Chlore		0,016
Acide carbonique combiné		0,020
— sulfurique		0,385
— azotique		0,001
— azoteux		faibles traces.
— ammoniaque		0,000,1
Oxygène emprunté au permanganate de potasse en solution alcaline		0,009
Chaux		0,123
Magnésie		0,120
Soude		0,011
Potasse, alumine, oxyde de fer		fortes traces.
Silice		0,007
Résidu fixe desséché à + 180°		0,882
Matières volatiles au rouge		0,203
Résidu fixe calciné		0,679

Composés hypothétiques qui en résultent :

Bicarbonate de chaux	0,058
Sulfate de chaux	0,243
Sulfate de magnésie	0,363
Azotate de potasse	0,002
Chlorure de sodium	0,035
Alumine, oxyde de fer	traces.
Silice	0,007
Matières organiques	0,180

Analyse bactériologique. — Au 15ᵉ jour, 280 colonies par centimètre cube, parmi lesquelles 80 champignons et 200 germes vulgaires chromogènes. Pas de microbes putrides, pas de bacilles du côlon, ni de germes pathogènes.

Ces résultats diffèrent sur bien des points de ceux fournis par les analyses précédentes ; ils démontrent que, malgré la richesse en sels terreux, cette eau ne serait pas de mauvaise qualité si elle ne renfermait pas autant de matières organiques. D'autre part, l'absence de l'acide azoteux, du bactérium coli commune et pour ainsi dire de l'ammoniaque, en assignant à ces matières une origine purement végétale, prouvent qu'elles sont le résultat de la décomposition des débris de toutes sortes accumulés depuis plus de deux siècles au fond du bassin.

Bien avant que l'analyse eût prononcé sur la valeur de cette eau, la nécessité avait forcé de l'introduire dans l'alimentation des animaux. En effet, en 1858, de nombreux animaux furent abreuvés à cette source pendant plus de 12 mois et n'en éprouvèrent aucun inconvénient fâcheux.

La crise que subit en ce moment la ville de Versailles offre une occasion de mettre en évidence l'eau limpide, abondante et par nature de bonne qualité, du magnifique réservoir situé à sa porte. Un curage d'abord, puis une petite installation hydraulique sur ses bords n'occasionneraient pas une grande dépense et assureraient pour l'avenir le service de tous les établissements du quartier Saint-Louis.

Nous avons estimé plus haut à 120 mètres cubes le débit des sources de la pièce d'eau des Suisses : les recherches auxquelles nous nous sommes livrés pour écrire ce mémoire nous ont appris que notre évaluation est inférieure à celle résultant de l'expérience faite en 1858.

En effet, lors de la construction de la machine de Marly, on eut recours à la pièce d'eau des Suisses ; deux fois par jour, les chevaux de la garnison venaient boire dans les auges placées sur ses bords. Dans de nombreux tonneaux, on venait puiser de l'eau nécessaire aux besoins des particuliers, des établissements d'horticulture, de bains, de blanchisserie. Cette situation dura de la seconde quinzaine de janvier 1859 jusqu'au 12 janvier 1859. Pendant tout ce temps, la pièce d'eau suffit à cette importante consommation ; son niveau ne parut pas abaissé sensiblement ($0^m,19^c$ à 20^c) et cependant, si l'on se reporte aux observations météorologiques faites par M. le Dr Bérigny [1], on voit qu'en 1858 il n'est tombé, à Versailles, que $424^{mm},38$ d'eau, alors que la moyenne est de $559^{mm},6$; ce minimum d'eau n'avait pas été atteint depuis 1847.

Le volume d'eau fourni par la pièce d'eau des Suisses n'est donc pas une quantité négligeable, comme on pourrait le supposer à première vue. Son utilisation s'impose. Les chiffres mentionnés ci-dessus confirment ce que nous disons d'autre part, que le produit de ces sources peut facilement être triplé.

1. *Bulletin de la Société météorologique de France*, 1861.

Réserves d'alimentation de la ville. — Le service des eaux dispose aujourd'hui, pour la ville, de sept réservoirs, et pour les parcs, de trois.

Voici leur capacité :

Pour la ville.

Réservoir des Deux-Moulins............	146	mètres.
Réservoir de Picardie........	13,232	—
Réservoirs de Montboron...............	115,783	—
Réservoirs de Gobert.........	45,227	—
Total.........	174,388	—

Pour les parcs.

Le réservoir du Château-d'Eau	1,138	mètres.
Le réservoir de l'Aile...........	5,877	—
Le réservoir du Trèfle à Trianon	11,614	—
Total...........	18,629	—

En temps ordinaire, l'approvisionnement, dans les conditions où il existe aujourd'hui, n'assure le service que pour une durée de 20 jours environ ; c'est court, trop court, comme on s'aperçoit par les grandes sécheresses ou les hivers rigoureux. Nous avons pensé qu'il y aurait avantage à utiliser les sources de la pièce d'eau des Suisses, la forme des deux réservoirs de Montboron, le réservoir de Chèvreloup, les réservoirs du Château-d'Eau et de l'Aile ; à créer deux réservoirs à la butte des Moulins.

Le total général des réserves serait alors de 422,526 mètres cubes qui assureraient l'alimentation de la ville pendant 43 jours, au lieu de 20, ce qui permettrait de supporter sans dommage les arrêts accidentels du service. Comme il y a des précédents, nous ne saurions trop insister.

Nous venions à peine de terminer la partie de notre travail relative à la pièce d'eau des Suisses qu'un événement imprévu est venu confirmer en tous points nos assertions et démontrer la justesse et l'opportunité de nos conclusions.

A la suite des fortes chaleurs et de la sécheresse qui ont été la caractéristique de l'été de 1893, le niveau normal de superficie de cette pièce d'eau qui est de $1^m,89$, descendit à la cote de $1^m,80$. C'est le 24 juin que fut constatée cette baisse qui alla s'accentuant jusqu'au 9 septembre, époque où elle atteignit son maximum.

Cet abaissement extraordinaire a été causé, d'une part, par l'évaporation de l'eau, et, d'autre part, par la diminution du débit des sources qui alimentent ce bassin.

La conséquence de cet état de choses a été de mettre à découvert ses bords vaseux et d'activer la décomposition des végétaux qui encadrent le pied de ses talus ; de plus, sous l'influence des fortes chaleurs, l'eau étant venue à atteindre jusqu'à 27°, les germes putrides qu'elle contenait, en se développant, occasionnèrent la mortalité du poisson et fatalement l'infection de la pièce d'eau.

Cette situation nouvelle nous inspira alors la pensée de rechercher les causes réelles de cette infection. Dans ce but, le 14 septembre, nous procédions à une nouvelle analyse dont voici les résultats.

Deuxième analyse de l'eau de la pièce des Suisses au plus fort de la période d'infection. — Cette eau a été recueillie, le 14 septembre 1895, à huit heures et demie du matin, la température de l'air étant de 11° et celle de l'eau de 16°. Elle a un aspect trouble et opalin et dégage une très forte odeur d'hydrogène sulfuré ; elle renferme :

		cc.
Acide sulfurique		3,32
— carbonique		8,50
Oxygène		» »
Azote		14,50
	Total	26,32

Les divers autres éléments, sur lesquels ont porté nos recherches, ont donné les résultats suivants :

Degré hydrotimétrique	58°,5
	gr.
Soufre à l'état de sulfure d'ammonium	0,0085
Acide azoteux	0,0018
Ammoniaque	0,0056
Oxygène emprunté au permanganate de potasse	0,196
Résidu desséché à + 110°	2,592
Matières volatiles au rouge	1,878
Résidu fixe calcaire	0,714

Analyse bactériologique. — Le dixième jour, les plaques de gélatine étaient complètement liquéfiées. Nous avons alors constaté la présence de 430 colonies par centimètre cube d'eau comprenant 180 bactérium termo,

0 micrococcus viridis fluorescens et 230 micrococcus aquatilis, soit 200 germes putrides et 230 vulgaires. Pas de bactérium coli commune. Pas de bacille d'Eberth.

RÉSULTAT DE L'ANALYSE DES BOUES DE LA PIÈCE D'EAU

Elles ont été recueillies au milieu de la pièce d'eau des Suisses, avant qu'on ait procédé à sa désinfection au moyen du sulfate de fer et de la chaux.

Ces boues font faiblement effervescence avec les acides et ne contiennent que peu de carbonates ; elles ont fourni à l'analyse :

Acide sulfurique	3,956
Chaux	0,130
Magnésie	0,099
Alumine	1,070
Silice soluble	1,885
Peroxyde de fer	0.110
Matière organique soluble	4,500
Acide sulfurique	3,956
Chlore	0,010
Chaux	1,630
Magnésie	0,099
Alumine	1,070
Peroxyde de fer	0,110
Silice soluble	1,885
Soufre	2,633
Matière organique soluble	4,500
— —	22,867
Sable et argile (par difference)	61,240
Total	100,000

Analyse bactériologique. — Nous avons fait avec de l'eau stérilisée une dilution au centième, puis nous avons prélevé un gramme de ce liquide renfermant 1 centigramme de boue que nous avons additionné de 99 centimètres cubes d'eau stérilisée pour faire une nouvelle dilution au dix-millième. Dans ces conditions, chaque centimètre cube de la nouvelle liqueur renfermait exactement 0^{gr},0001 de boue. C'est avec ce dernier liquide que nous avons ensemencé 5 tubes de gélatine peptone en mettant dans chaque tube 1, 2, 3, 4 et 5 gouttes de liquide pour cultiver en boîtes de Pétri.

Résultats : Dès le troisième jour, toutes les plaques avaient leur gélatine complètement liquéfiée par les germes de la putréfaction (*Bacterium termo et micrococcus viridis fluorescens*). Nous n'avons trouvé ni le bactérium coli commun ni le bacille d'Eberth.

Le 19 septembre, par l'analyse et par l'odeur, nous constatons que la quantité d'hydrogène sulfuré à l'état libre avait diminué dans de fortes proportions, et il est résulté de nos expériences que

ce phénomène est la conséquence de l'infection complète de la
pièce d'eau. En effet, les matières organiques d'origine animale, se
décomposant, donnèrent naissance à la fois à de l'hydrogène sulfuré
et à de l'ammoniaque; c'est à la combinaison de ces deux gaz que l'on
doit la purification relative de l'air ; en revanche, l'eau renfermait
en dissolution une quantité bien plus forte de sels ammoniacaux,
tandis que, dans les premiers jours de l'infection, elle contenait surtout de l'hydrogène sulfuré à l'état libre et fort peu à l'état de combinaison.

En présence de cette situation qui pouvait avoir de graves consé-
quences pour la santé publique, M. le Préfet réunit d'office le Conseil d'hygiène qui se prononça pour un curage à vif fond de la
pièce d'eau ; mais d'autre part, M. le Maire de Versailles, eu égard
à l'urgence et sans attendre la décision du Conseil d'hygiène, prit
la très louable initiative de faire procéder à la désinfection de la
pièce d'eau en faisant déverser en sa présence 18,000 kilogrammes
de sulfate de fer, auxquels furent ajoutés 21,000 kilogrammes de
chaux vive en poudre. Cette mesure eut pour résultat de faire
cesser l'infection.

Nous profitons de la décision que vient de prendre le Conseil
d'hygiène à propos du curage de cette pièce d'eau pour donner notre
opinion à ce sujet. Pour nous, l'assainissement de cette pièce d'eau
est subordonné à trois opérations :

La première consiste dans le curage partiel de ses bords sur une
largeur de 25 à 30 mètres ou, ce qui serait encore mieux, un curage
complet.

La deuxième, dans la transformation des berges qui l'encadrent

Fig. 3. — Profil en travers de la pièce d'eau des Suisses.

par un talus neuf à 0m,45, recouvert d'un plaquis de gazon. Un
perré en construction entraînerait à de trop fortes dépenses (fig. 3).

La troisième, la plus importante, que l'abaissement du fond des bords actuels soit creusé de telle sorte que la pièce d'eau, atteignant son niveau normal, le pied de ses talus soit constamment recouvert d'une épaisseur d'eau d'au moins 0ᵐ,40, ainsi que l'indique le croquis ci-contre.

VI — État sanitaire de Versailles et les améliorations apportées a son assainissement.

Dès 1743, l'air de Versailles était réputé salutaire, on ne constatait aucune maladie épidémique ou endémique.

Lorsque Louis XIV résolut de créer Versailles, Colbert chargea l'Académie des Sciences de faire les études nécessaires pour amener les eaux de sources aux fontaines de la nouvelle ville.

Cette importante question résolue, on se préoccupa de son assainissement ; c'était vers 1670 : deux grands aqueducs souterrains furent établis par ses ordres (fig. 4) ; ils étaient destinés principalement à recevoir les eaux des grandes et petites écuries A.A. Après la construction du château, les deux aqueducs cités ci-dessus furent prolongés en B.B.

Louis XIV, qui désirait voir rapidement s'élever une ville autour de son palais, accorda de nombreux privilèges aux propriétaires des maisons de Versailles ; il leur permit, afin d'assainir et sécher le sol, de construire des pierrées rejoignant les aqueducs. Cette mesure contribua puissamment à son assainissement.

La ville de Versailles, quoique placée dans une espèce d'entonnoir par rapport aux différentes collines qui l'environnent, est cependant située à une hauteur assez considérable ; son élévation est de 142ᵐ,57 au-dessus du niveau de la mer au Havre et de 106ᵐ,94 au-dessus du zéro de l'échelle du pont de la Tournelle, à Paris. Elle se trouve à l'entrée d'une vallée courant du sud-est au nord-ouest ; toutes les rues sont percées et orientées suivant les quatre points cardinaux.

Aujourd'hui, la ville possède un réseau d'aqueducs de 50,064 mètres, 546 bouches d'égouts, 99 de lavage et d'arrosage et 35 urinoirs modernisés.

Pour terminer l'assainissement, il ne reste plus à canaliser que :

En aqueducs.................................. 1,295 mètres.
En tuyaux.................................. 7,884 —
                                          ―――――――――
                                            12,179 —

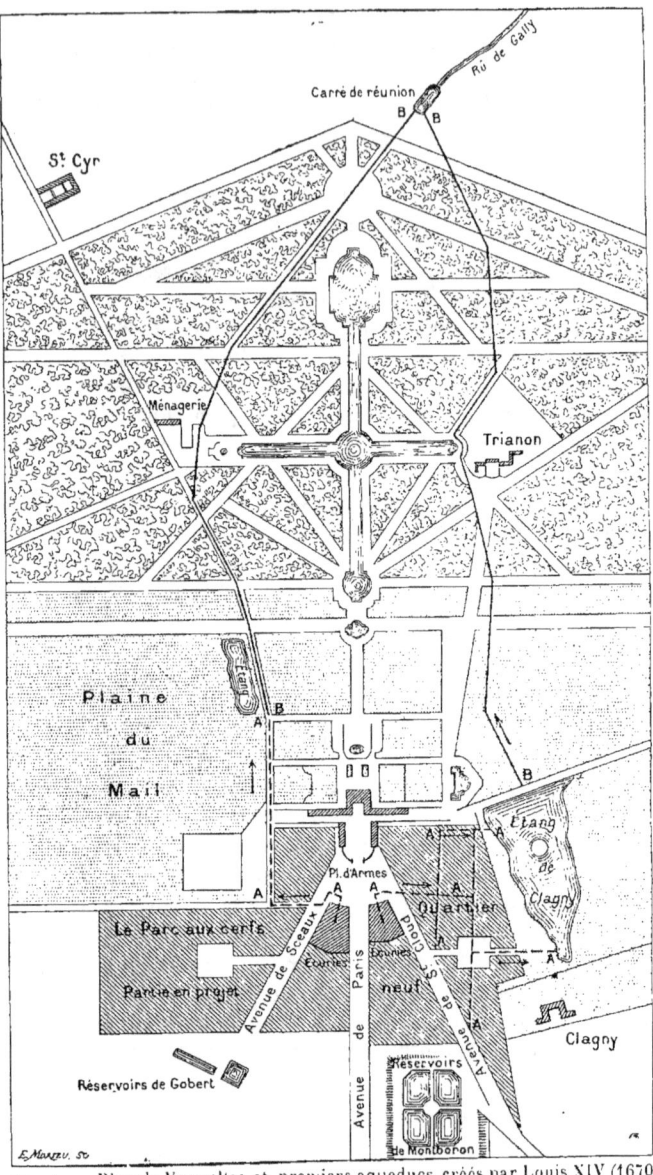

ig. 4. — Plan de Versailles et premiers aqueducs créés par Louis XIV (1670).

Versailles possède, en outre, 60 kilomètres de voies publiques ; leur surface est de un million deux cent trente mille mètres. Ses avenues, ses squares, quinconces, etc., constituent un massif boisé, qui n'est pas moindre de 25 hectares (une petite forêt).

En 1670, la surface bâtie de Versailles était de 125 hectares ; aujourd'hui, ses constructions en couvrent 580. En 225 années, la ville a donc plus que quadruplé.

Nous ne terminerons pas sans faire remarquer une dernière fois que Versailles, avec la qualité et l'abondance de ses eaux, son aspect grandiose, son éclairage et ses tramways électriques, est devenue, grâce aux intelligentes améliorations qu'on ne cesse d'y apporter, une des résidences de villégiature les plus favorisées sous tous les rapports.

Il résulte des analyses publiées dans ce travail qu'à l'exception de celle de la fontaine de la Vierge, beaucoup trop minéralisée, toutes les eaux qui concourent à l'alimentation de Versailles sont, à des degrés différents, potables et de bonne qualité.

Le seul côté défectueux des eaux blanches réside dans la filtration. A certaines époques de l'année, l'eau emmagasinée dans les réservoirs est trouble ; de plus, elle renferme des matières en suspension qui proviennent de son séjour dans les étangs et conduites de distribution ; si l'on pouvait arriver à la filtrer avant son arrivée dans les réservoirs où elle se mélange avec les eaux de Marly et de Croissy qui en tout temps sont claires et limpides, toute critique tomberait alors d'elle-même et avec elle disparaîtraient les craintes de la population et des étrangers que justifient seules les apparences. Nous croyons pouvoir dire, du reste, que cette filtration ne présenterait aucune difficulté ; elle est loin de laisser indifférente la municipalité, qui ne cesse de se préoccuper de cette importante question.

Disons, pour terminer, au sujet des eaux blanches provenant du système des étangs et rigoles, qu'en 1852 un rapport avait été fait sur l'opportunité de supprimer ou de conserver ce service. Le rapporteur, M. Mary, inspecteur général des ponts et chaussées, afin de faire ressortir le plus possible l'importance et l'utilité de ce système, terminait son rapport par ces mots : « Si le service des eaux blanches d'étangs n'existait pas, il faudrait le créer ».

Paris. — Imp. PAUL DUPONT, 4, rue du Bouloi (Cl.) 98.3.97.

www.ingramcontent.com/pod-product-compliance
Lightning Source LLC
Chambersburg PA
CBHW060847180626
46818CB00004B/1621